慢先生 快小姐

文／菠菜小姐

圖／溫皮Warmpy

慢先生做事情總是不疾不徐，
很有自己的規劃，
天要塌下來了也不緊張。

快小姐做事情火急火燎，
很有自己的規劃，
今日事今日畢。

慢先生悠閒享受泡澡時光。

3

快_{ㄎㄨㄞ}小_{ㄒㄧㄠ}姐_{ㄐㄧㄝ}飛_{ㄈㄟ}快_{ㄎㄨㄞ}地_{ㄉㄜ}洗_{ㄒㄧ}戰_{ㄓㄢ}鬥_{ㄉㄡ}澡_{ㄗㄠ}！

快_{ㄎㄨㄞ}快_{ㄎㄨㄞ}地_{ㄉㄜ}找_{ㄓㄠ}衣_ㄧ服_{ㄈㄨ}！

快_{ㄎㄨㄞ}快_{ㄎㄨㄞ}地_{ㄉㄜ}準_{ㄓㄨㄣ}備_{ㄅㄟ}出_{ㄔㄨ}門_{ㄇㄣ}！

快_{ㄎㄨㄞ}快_{ㄎㄨㄞ}地_{ㄉㄜ}去_{ㄑㄩ}晨_{ㄔㄣ}跑_{ㄆㄠ}！

慢先生……

慢條斯理地……

穿衣服……

假日的時候，慢先生喜歡悠哉地
找一塊乾淨的草皮，
　　一邊看書一邊曬太陽……

8

假(ㄐㄧㄚˇ)日(ㄖˋ)的(ㄉㄜ˙)時(ㄕˊ)候(ㄏㄡˋ)，
快(ㄎㄨㄞˋ)小(ㄒㄧㄠˇ)姐(ㄐㄧㄝˇ)喜(ㄒㄧˇ)歡(ㄏㄨㄢ)和(ㄏㄜˊ)三(ㄙㄢ)五(ㄨˇ)好(ㄏㄠˇ)友(ㄧㄡˇ)，
熱(ㄖㄜˋ)熱(ㄖㄜˋ)鬧(ㄋㄠˋ)鬧(ㄋㄠˋ)地(ㄉㄧˋ)出(ㄔㄨ)去(ㄑㄩˋ)玩(ㄨㄢˊ)！

啦ㄌㄚ啦ㄌㄚ啦ㄌㄚ～～
啦ㄌㄚ啦ㄌㄚ啦ㄌㄚ～

兩個截然不同的人，
生活在同一個城市裡，

有ㄧㄡˇ各ㄍㄜˋ自ㄗˋ不ㄅㄨˋ同ㄊㄨㄥˊ的ㄉㄜ
生ㄕㄥ活ㄏㄨㄛˊ方ㄈㄤ式ㄕˋ。

有一天，慢先生參加聯誼，卻姍姍來遲……

碰巧，

聯誼對象是快小姐。

快_{ㄎㄨㄞˋ}小_{ㄒㄧㄠˇ}姐_{ㄐㄧㄝˇ}等_{ㄉㄥˇ}到_{ㄉㄠˋ}

火_{ㄏㄨㄛˇ}冒_{ㄇㄠˋ}三_{ㄙㄢ}丈_{ㄓㄤˋ}！

16

兩人去逛市集，
快小姐 《《東轉轉西轉轉》》，
一下子買了好多東西；

慢先生則是
慢慢地拍照和散步。

18

第一次約會

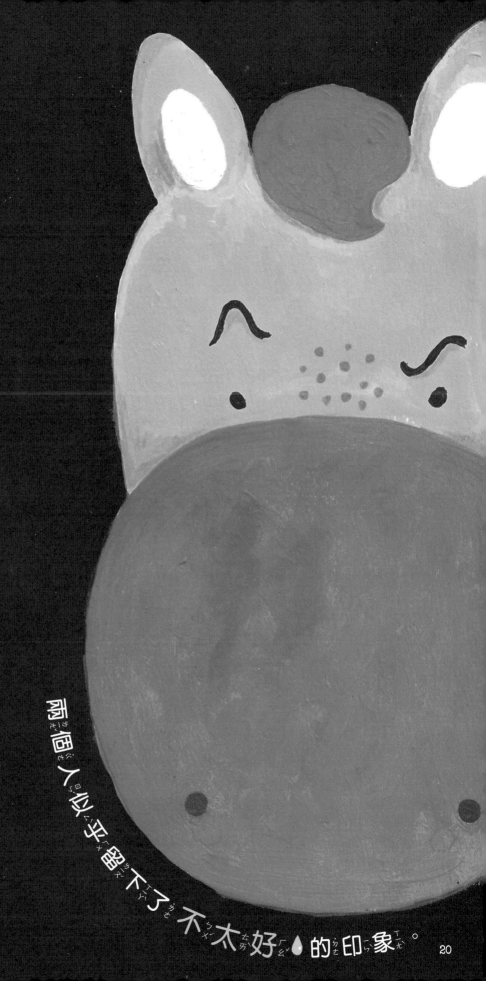

兩個人似乎留下了不太好的印象。

快小姐覺得兩人不太合適，
不再繼續聯絡。

過了好幾天，
收到了慢先生寄來的信。

雖然我們
節奏不太一樣，
但有妳陪伴
很開心。

原本打消念頭的快小姐，
還是赴了慢先生的邀約。

這次她先來等慢先生，
還順手先買了早餐。

慢先生與快小姐在城市中相戀了，

快小姐玩刺激的雲霄飛車時，

慢先生邊喝咖啡邊等待

慢先生點餐慢吞吞，
快小姐就拿出化妝品補妝。

雖ㄙㄨㄟ然ㄖㄢˊ他ㄊㄚ們ㄇㄣ各ㄍㄜˋ有ㄧㄡˇ不ㄅㄨˋ同ㄊㄨㄥˊ的ㄉㄜ˙生ㄕㄥ活ㄏㄨㄛˊ方ㄈㄤ式ㄕˋ，

但_{ㄉㄢˋ}互_{ㄏㄨˋ}相_{ㄒㄧㄤ}陪_{ㄆㄟˊ}伴_{ㄅㄢˋ}過_{ㄍㄨㄛˋ}日_{ㄖˋ}子_{ㄗ˙}！

騎著腳踏車的慢先生 加快速度，
快小姐 放慢步伐，

終有一天，他們會並肩而行，
一起看世界上 ✦ 美麗的風景。✛

作者簡介

菠菜小姐

本名徐宥希，出版了《情緒魔法豆：不快樂也沒關係》與《逃出樹洞》，持續產出更多魔法圖書。

致力於和各個別具特色的繪師合作，打造出充滿想像力的魔法王國，透過圖像和閱讀，讓時間停留在書本上。

故事給我們的美好時光都賦予了生命力，我們都只是長大了的小孩，永遠也別忘記。

繪者簡介

溫皮

本名林昕慧，本業為平面設計師，收藏繪本成癮，沉浸在插畫帶給生活的體驗，喜歡運用鮮豔的色彩，注入一點點故事，期望能用畫筆說說話。

合作過的對象包含出版業、網路媒體及學校單位，除了商業類插畫，也針對自己關心的議題創作插畫與繪本，常用的創作媒材是壓克力、廣告顏料和數位繪圖。

PG2995

慢先生快小姐

文／菠菜小姐
圖／溫皮Warmpy
責任編輯：孟人玉、吳霽恆
圖文排版：魏振庭
封面設計：溫皮Warmpy
封面完稿：魏振庭

國家圖書館出版品預行編目 (CIP) 資料

慢先生快小姐 / 菠菜小姐文 ; 溫皮 Warmpy 圖 . --
一版 . -- 臺北市：釀出版 , 2024.03
面；　公分
BOD 版
國語注音
ISBN 978-986-445-926-1（精裝）

863.599　　　　　　　　　　113001683

出版策劃／釀出版
製作發行／秀威資訊科技股份有限公司
114 台北市內湖區瑞光路76巷65號1樓
電話：+886-2-2796-3638
傳真：+886-2-2796-1377
服務信箱：service@showwe.com.tw
http://www.showwe.com.tw

郵政劃撥／19563868
戶名：秀威資訊科技股份有限公司
展售門市／國家書店【松江門市】
104 台北市中山區松江路209號1樓
電話：+886-2-2518-0207
傳真：+886-2-2518-0778

網路訂購／秀威網路書店：https://store.showwe.tw
　　　　　國家網路書店：https://www.govbooks.com.tw
法律顧問／毛國樑　律師

總經銷／聯合發行股份有限公司
地址：231新北市新店區寶橋路235巷6弄6號4F
電話：+886-2-2917-8022
傳真：+886-2-2915-6275

出版日期／2024年3月　BOD一版　定價／390元

讀者回函卡